梅花詩

秋实题

作者简介：秋实，原名金志海，清华大学人文学院法学硕士，中国作家协会会员，中国散文学会会员，山东省作家协会会员。创作了许多有情怀、有品质、有感染力的作品。尤其擅长于景物描写，笔触细腻，富有哲理和真情实感。曾出版《雪花集》《秋实集》《自然与心》《春华集》等文学著作，多篇文章在《人民日报》《大公报》《星岛日报》等报刊和散文杂志上发表。

梅花辞

秋实 著

香港文匯出版社

《梅花辞》序

——秋实

中国的古诗词是很有魅力的，就像一幅美丽的卷轴。那韵律又像曼妙优美的舞蹈，步履轻盈有力。

古诗词是否包括诗、词、歌、赋？皆已成为国粹。我们应该把这种国粹传承下去，并发扬光大。现代的诗歌和散文是大众化的，但古诗词要大众化是不太可能的了。

但是现代人是要了解这些古诗词的，尤其是喜欢写诗的人。

一个时代有一个时代的文学形式，对于诗也有其流行的表现。我们学习古诗词，但也不要拘泥于古诗词，要在此基础上有所创新。创新了也不要把母体舍弃，都要共同存在着，使诗词的形式更加多样化，共同灿烂着、繁荣着、进步着。

在古诗词中，最具有代表性的是唐诗宋词。平平仄仄的韵律读着朗朗上口。在中国文化的历史银河中，是一颗璀璨的明星，犹若北辰。

古诗词在文学中的存在，犹如「花落红尘」，颇有仙女下凡人间的优越。

唐诗之盛，是我国唐代强大、繁荣的放歌。宋词之美，也便是我国宋朝人们生活自由的吟诵。在当今时代，生活方式、生产方式，已经天翻地覆，已经沧海桑田。语言的表达方式也与时俱进了，自由散漫是当今语言的风格。因而，古诗词的使用，则像一股清流，也有一股凝聚的力量。当然，这里的表述不是苛求那些刻板的形式，而是要以创新的形式，蕴含古诗词的灵魂。

我爱古诗常吟读，
意来字出成韵句。
长长短短任其书，
只求意随古诗赋。

当今的诗人已把五言七绝融合在一起，把诗与词融会在一起，创造出具有古诗词影子和灵魂的新诗词来。可谓是文化杂交的优良品种。是我们今人与时俱进的精神体现和当今时代精神与创造力的体现。

唐代诗人徐凝的《喜雪》：「长爱谢家能咏雪，今朝见雪亦狂歌。杨花道即偷人句，不那杨花似雪何。」其以古诗词表达了继承和创新，寓意深刻。

古诗词蕴含着丰富的思想和能量，一句诗词中可释放出许多现代的话语来，意义深邃。

我们在读古诗词时，有时感到晦涩难懂，那是因为时过境迁的缘故。也与当时的历史、与当时的人物、与当时的地理位置、与当时发生的事情有关。只要了解了当时的一些相关的元素，也便不难理解其意。古诗中有许多的人名、地名及事件的名字，都在时间中化作美的文字。如果我们不知其一，那就很难知其二。

但一旦知道其是一个名字，便会恍然大悟。《水龙吟・西湖怀古》一词：「东南第一名州，西湖自古多佳丽。临堤台榭，画船楼阁，游人歌吹。十里荷花，三秋桂子，四山睛翠。使百年南渡，一时豪杰，都忘却、平生志。可惜天旋时异，藉何人、雪当年耻？登临形胜，感伤今古，发挥英气。力士推山，天吴移水，作农桑地。借钱塘潮汐，为君洗尽，岳将军泪。」词中力士和天吴都是传说中的神人，词中意是；借力士和天吴两神来移山填平西湖而造田，以作农桑之地。知力士和天吴为神人，也便不难理解诗意了。诗里面还有「雪当年耻」「岳将军泪」都是指当年岳飞抗金的一些事情，了解了也就理解了。

像那些句子「黄河之水天上来，奔流到海不复回」「自别钱塘山水后，不多饮酒懒吟诗。」都是押韵的白话而已。简单而明快的语言才有魅力。

此诗集以《梅花辞》为名，也因梅花的品格，开在寒雪之中。并在古诗词中有许多的咏梅的诗句。我也有许多的诗是咏梅的。梅花亦有古诗词之韵。古诗词亦有梅花之美。二者有相得益彰之力，故取其名。

目录

咏梅

梅斗寒气艳，
不争春风暖。
温室群芳怜，
难觅瘦玉环。

惜春

野外踏青晚，
绿肥占满边。
花落知何处？
诗里字行间。

咏雪浪

大雪飞悠哉，
海浪滔天白。
风摧云水来，
玉堆心胸开。

咏雪松

大雪饰青松，
青松美且直。
古诗换一字，
而入桃源溪。
常年绿青枝，
今披白蓑衣。
难得垂钓机，
还须负寒气。

秋山吟

秋山草木红，
偶露岩石白。
落叶覆水陆，
不见明镜台。
曲径接石阶，
飞檐落禅斋。
道貌长裙带，
客来捻香拜。
紫烟非浪漫，
祈祷多悲怀。

大雪赋

大雪舞青松，
两色对白中。
松枝随风动，
轻轻把雪拥。
天冰赋地冻，
路滑复寒空。
铁甲气冲冲，
歪头堵路通。

车人急汹汹，
叹气又捶胸。
孩子把情纵，
雪中乐融融。
树下玩雪宫，
门前培雪童。

咏山瀑

桂花落无声，
山泉淙淙鸣。
林间投光明，
遥看如明镜。
雪花石边生，
碧玉流水静。
闲步觅激情，
湍急观狼鹰。
隆隆雷神醒，

茫然何来惊。
白瀑跌潭泠，
蜿蜒岭中行。
扬长杳杳影，
一去到东瀛。

咏百花

荷花粉色角，
海棠胭脂唇。
莫说谁最爱，
仲伯好难分。
陆游喜梅花，
渊明赞菊韵。
我亦有自怀，
但独恋华春。

对花吟

对花吟梦，
青如朝霞。
摘果赏色，
黄若金甲。
暮色沧桑，
高临松崖。
烟事故故，
藏于杖下。

咏墨竹

天下奇葩多，
唯有竹花缺。
墨色真采者，
清气无妖浊。

咏大海

海怒狂风澜，
无风三尺山。
不为觅佳句，
胸怀自浩瀚。

咏飞雀

飞雀到南塘，
池边有梅芳。
气寒冻羽裳，
意犹在花香。
双喜眉梢上，
相恋成鸳鸯。
踏遍旧词坊，
言却谱新腔。
常笑名利客，
拜往红尘堂。

书法赋

雪花飞成纸，
研墨来书之。
方家俯身始，
笔笔出多姿。

咏板桥画竹

此竹苍且劲，
原生南山下。
借笔移纸上，
众人皆可察。
根系汲白水，
枝叶生墨霞。
源黄汁不枯，
青青淡益甲。

注：板桥即郑板桥，原名郑燮，字克柔，号理庵，又号板桥，人称板桥先生，江苏兴化人，祖籍苏州。清代书画家、文学家，为「扬州八怪」重要代表人物。

咏陶瓷（一）

火烧出彩油，
一度一颜留。
景德镇里游，
惹人如醉酒。

咏陶瓷（二）

四壁立柜坐瓷品，
满目青花绘兰禽。
赏遍千店不辞辛，
捧起一件作诗吟。

咏陶瓷（三）

立赏瓷件，
坐饮茶闲。
陶瓷店间，
坐立两便。

咏禅意

思到无人境，
神得闲情时。
蝉声常入耳，
红尘不染丝。
花荫出墨香，
心静生禅溪。
却看落花处，
已有红泥诗。

红叶寄思

天蓝衬红叶，
霜白染深秋。
寄去一树心，
相思亦未休。

题晌午后

山路迂回上，
光照松影斜。
时地心情宜，
草石逸兴佳。

登山吟

石阶偶转陡，
却为游人悦。
登山不喜平，
天梯亦可学。
吾欲登临处，
却在星附座。
高峰闻天语，
远离红尘所。

严子陵钓台吟

山色湖水远，
折水出峰近。
涉水拔山阔，
天光云影新。
茶水留座闲，
眼光游处美。
壮游吴城好，
愿作子陵隐。

注：子陵即严光，又名遵，字子陵。东汉著名隐士。

院趣吟

高树藏深院，
荆门半虚掩。
竹枝石边展，
水流花自怜。
喜鹊屋脊站，
檐下燕呢喃。
墙外窥客叹，
屋内主人闲。

凤凰阁（一）

木栈通深树，
驿站临石崖。
云影落碧海，
潮水涨金沙。

凤凰阁（二）

水练如链，旁阶拾上。
山路回处，驿站驻赏。
山下始点，景致皆降。
平铺木栈，林间延躟。
直级尽头，歇脚亭堂。
木栏横直，拍杆有响。
凤凰阁前，仰身以享。
翅檐如飞，犹若凤凰。

归来赋

山色已晚，
扶杖而归。
书童相迎，
兴致如飞。

观海吟

浪绕黑礁白，
风吹碧波生。
幻灭雪浪花，
永恒响乐声。
天阔海无边，
云水使怀澄。
何须桃林尽，
晋源处处逢。

夜归山赋

半壁月通明，
月华洒海宁。
山月照人影，
送客至山顶。
路转峰回时，
望月转身迎。
月走忽前后，
如若懂人行。

山间吟

林间吹草声，
空山飞鸟鸣。
石阶隐我影，
天籁伴人行。
暮色添壑暗，
山岚洒肩顶。
高巅矮群峰，
半日照苍冥。

咏春

残垣断壁绿草乱，
白石自由滚其间。
晴好郊游俯身看，
如痴若醉似神仙。

咏春雪

春来二月树不发，
飞雪嫌迟作枝花。
片片银朵映天明，
日出辉光显晶莹。

春雨迟

一夜风雨杏花落，
都怨春霖来时晚。
一季天相万物黄，
总有寒雪暖裘还。

咏秋色

挥洒油彩出框外，
散落满地染红尘。
打开窗帘映眼帘，
涌上心头醉心神。

咏春寒

炭色寂然气寒凉，
人食秋收虫冬藏。
残雪未消芽已发，
路人不觉羁枝旁。
谁料峭厉寒风中，
已有豆黄露芬芳。

雪花吟

方恨梦中醒来迟，
扯开窗帘雪繁纷。
欣喜倍念远方客，
忙送雪花代探问。

雪天吟

雪花又落，谁言冬日肃无颜？
玉兰花开如春炫。
朵朵枝叶间，凌寒盛芳艳。
花瓣飞满天，落地白无边。
踏落花，赏鳞片，摇落满树冰雪寒。
欢乐处，张开双臂，啸仰长天。
忽觉天地旋。抬望眼，只见黑白倒颠。

咏雪

何为雪者？玉龙争斗，麟片纷飞。
天无涯际，地无阡陌，苍茫一色。
雨雪霏霏，今人失迹，古人迷踪。
掩千年人文，饰万古江山。
去绿肥红瘦，添银装素裹。
大宋统南唐，人间多诗篇。
欲读天下事，须待雪融时。
此时只一景，观雪听松风。
满园寂寞白，但觉繁华会。

咏雪梅

窗外，梅枝疏影横斜，白花淡淡，红蕾点点。
雪花漫天，飞落梅边。
雪伴梅花共枝艳。
顾赏忘情，身在何年？不似人间。
一阵西风骤，雪花吹落片片。
梅花独芳枝寒。
愿做一放翁，独守梅花前。

雪中玫瑰

昨夜风雨今日晴，
催得玫瑰别样红。
纵使风雪漫天卷，
颜色犹在衿甲中。

灯光

灯亮黄昏笑夕阳，
其与晚霞同光辉。
西山怀抱红橘眠，
东山送芒我方归。

借蔷薇

蔷薇开花似火焰，
攀墙翻过展容艳。
不知路人散步闲，
悄拍红颐送思恋。

咏巴西木（一）

角落绿釉暗展姿，
今始花开无前史。
香气叩门主人喜，
移入中庭看花衣。
花神有泪落花蒂，
不知悲喜为谁寄。

咏巴西木（二）

巴西木生书桌边，
四季常绿伴君闲。
一日读书抬望眼，
一串绣球生叶间。
察颜观色兴致欢，
方忆入室淡香澜。
花美形奇味馨酽，
人和天时地利缘。

咏巴西木（三）

花似白练叶似剑，
双丽不语窗风撼。
谁人唤君观花艳，
馨香散入萝帷帘。
世上多少花事蕃，
皆付寂寥无闻间。
秋实怜之无人伴，
今生今世坐花前。

诗且撰，志方远。
谁言今时无事闲，
济扶苍生正悬帆。

咏海棠（一）

刚出花蕾胭脂点，
路人见过可惊艳。
盛时花放树枝繁，
微风吹来襟香满。
胭脂点在碧波间，
绿色藏于硕花盘。
落英纷飞洒草边，
大叶成荫有莺言。

咏海棠（二）

咏梅花客好跟风，
叹海棠人强说愁。
海棠花蕾微香含，
颜色比桃胜几筹。
首季熏风归时暖，
海棠依旧笑其忧。

咏海棠（三）

窗前檐下海棠花，
枝侧叶旁胭脂霞。
古往今来时节发，
文人墨客文章嘉。

咏菊

秋日菊花不念春，
花放敢迎冬寒来。
包容大度君子气，
春暖留于他花开。

咏山泉

像玉似雪又飞水，
诗人将其唤翡翠。
只是世间一角随，
欣赏时分成大美。

咏牡丹

牡丹花容动心仪，
微风淡香拂神弦。
执笔难绘天香色，
语论有力花因缘。
孰言国色生富贵，
地寒春峭为花仙。
徜徉花丛已醉然，
世间何物我妒羡？

咏青松

瑞雪朵朵压冬青，
枯叶只片问凋零。
不解绿意何苦行，
但知沧桑有中鼎。

注：福山即徐福山，著名画家、中国美协会员，一级美术师。现任中国艺术研究院艺术创作研究院副院长。

咏喜鹊

一生悠哉无匆匆，
喜报一声响太空。
雪漫枝头看行踪，
身姿翩然一轻松。
天寒气冷果子红，
方见来啄过严冬。
从不为实觅前垅，
几粒草籽果腹中。

咏鸟雀

日落方月白，暮色才微降。
月明挂树梢，林疏有皎光。
鸟静宿柴巢，窝黑坐枝上。
人在树下语，鸟儿不安嚷。
束衣塞相紧，草叶细琐响。
星稀无处躲，只在窝中慌。
大鸟毛悚然，昂首听四方。
小鸟缩手脚，寄身母羽裳。

树下笑声去，飞禽入梦乡。
梦生孤独夜，霜落寂寞凉。
鸟儿高卧薪，快乐非胆尝。
夜冷鸟身暖，一梦到黄粱。
夜色作布衿，柴草作暖床。
栖息求简单，生活无华堂。

咏猫

眼睛亮，胡子长，
镇定在，自若强。
反应快，行动忙，
老鼠来了不慌张。
且在主人身边坐，
如有敌情即出帐。
齿为刀，气为矛，
一切害虫逃仓惶。

咏狸猫（一）

一声喵呜尾巴长，
慢步轻蹑察四方。
君临天下把朝望，
如有鼠敌必来降。

咏狸猫（二）

狸猫如虎甚可怜，
卧踞一隅独享闲。
闭目佯寐日当晚，
姿美顺便特安然。

咏福山画风竹

福山笔如魔术师，
忽然纸边落一石。
颗颗朱竹中间立，
竹叶却向石身依。
风儿无形亦无意，
但在画中作枢机。

注：福山即徐福山，著名画家、中国美协会员，一级美术师。现任中国艺术研究院艺术创作研究院副院长。

咏乾梅画梅

乾坤之花何其多，
梅花为王著寒铁。
香淡寒浓难阻隔，
洁好之气胜白雪。

注：乾梅即庄乾梅，著名花鸟画家，中国美术家协会会员、当代中国女画家协会常务理事、创作部主任。

咏乾梅画雪景

淡笔轻着雪花显，
生动灰白两色间。
梅花自有清香涟，
墨痕又助高洁妍。

注：乾梅即庄乾梅，著名花鸟画家，中国美术家协会会员、当代中国女画家协会常务理事、创作部主任。

咏继刚秋意图

墨淡树疏如大千，
尺牍江山值万钱。
秋深意凉雪清浅，
素花根芽生苍天。

注：继刚即张继刚，古书画鉴定家，书画家、学者。涉猎文、史、哲、诗、词等。中国人民大学文献书画保护与鉴定研究中心副主任、教授，云庐艺社社长，享受国务院专家津贴。

咏德章石竹图

石静竹摇清风至，
贤人妙笔三两枝。
无穷山色纷纷起，
瑟瑟枝叶听玉笛。

注：德章即卫德章，著名山水画家，中国美术家协会会员，二级美术师，中国艺术研究院美术创作研究中心研究员。

咏殿平画马

一色无粉空纸白，
汈去翰墨出文彩。
殿平画马气势在，
神骥如风入画来。

注：殿平即周殿平，中国美术家协会会员，徐悲鸿画院国画院副院长，当代传承徐悲鸿画马艺术的突出代表。

咏世奇书法

纸如太虚走龙蛇，
字字如雁到天际。
石痴米芾能驾笔，
驭墨熟轻是世奇。

注：世奇即史世奇，启功弟子，中国书法家协会会员、著名书法家、文物鉴赏家，山东省文史馆馆员。

赞文书墨笔

其峰门下有其峰，
于氏文书为重卿。
驼马花雀山水鹰，
笔笔彩墨出伯英。

注：①其峰指孙其峰，天津美术学院终身教授，文化部中国画研究院院部委员，中国美术家协会理事，中国书法家协会理事，西泠印社理事，享受国务院特殊贡献津贴。

②文书即于文书，烟台大学美育研究所所长，山东省美术家协会会员、山东省书法家协会会员，烟台市画院名誉院长。

③伯英：汉代大书法家张芝的字。善章草，后脱去旧习，省减章草点画、波桀，成为「今草」。

醉墨人

酒醺搁盏离席间，
身转画案当正前。
镇纸压宣墨香研，
清水沁笔玉兰茧。
继刚福山德章翰，
诗涌捻笔走长联。
古梅劲松生春山，
君子友人共霞烟。

注：①继刚即张继刚，古书画鉴定家，书画家、学者。涉猎文、史、哲、诗、词等。中国人民大学文献书画保护与鉴定研究中心副主任、教授，云庐艺社社长，享受国务院专家津贴。。

②福山即徐福山，著名画家、中国美协会员，一级美术师。现任中国艺术研究院艺术创作研究院副院长。

③德章即卫德章，著名山水画家，中国美术家协会会员，二级美术师，中国艺术研究院美术创作研究中心研究员。

云海砚

千文八百无多银，
淘得一款梅花砚。
闲来启合细端详，
摸往抚去温润添。
上刻图案名云海，
左右水木二分天。
石上玫星做花瓣，
刀下一片为墨轩。

叹玉玺刻印（一）

凿山开路有成竹，
泰然处之展眉须。
满志走刀看踌躇，
完印落红笑悉许。

注：刘玉玺，号石屋，署名大刘。善篆刻兼习书画。现为山东省书法家协会会员、山东书刻艺术家协会理事、、烟台书刻艺术家协会副主席、烟台海峡书画研究院院长、烟台现代画院常务副院长兼秘书长。

叹玉玺刻印（二）

大刘年有七十岁，
玉玺艺始立渡咀。
胆大情激两生辉，
嗞嗞干脆出俗规。

注：刘玉玺，号石屋，署名大刘。善篆刻兼习书画。现为山东省书法家协会会员、山东书刻艺术家协会理事、、烟台书刻艺术家协会副主席、烟台海峡书画研究院院长、烟台现代画院常务副院长兼秘书长。

咏瓷画（一）

窑冷门启万象界，
老松新竹伴花开。
水清山静玉石街，
依杖拾级赏晴来。

注：刘玉玺，号石屋，署名大刘。善篆刻兼习书画。现为山东省书法家协会会员、山东书刻艺术家协会理事、、烟台书刻艺术家协会副主席、烟台海峡书画研究院院长、烟台现代画院常务副院长兼秘书长。

咏瓷画（二）

山野无人水自流，
天然如许清幽秀。
常见墨人挥笔就，
无暇出门作思游。

注：刘玉玺，号石屋，署名大刘。善篆刻兼习书画。现为山东省书法家协会会员、山东书刻艺术家协会理事、、烟台书刻艺术家协会副主席、烟台海峡书画研究院院长、烟台现代画院常务副院长兼秘书长。

咏董氏瓷与画

一瓶摆几案，天地入眼帘。
时常抬望眼，烦恼抛一边。
空山有茅屋，房前有溪川。
几前品茶茗，听瀑看行雁。
水沫飞飞然，白云悠悠闲。
山中有万物，皆藏瓶画间。
瓶外赏瓷人，但谙瓷中言。
谁做瓶上图，两绝意境展。
案上研墨砖，艺人又兴染。
董氏伟与良，兴来泼白萱。

插花吟

折花生于瓷瓶里，
姿艳芳淡蓬壁适。
日辉来访沐其枝，
报以颜开大笑喜。
未令蜜蜂蝴蝶至，
却引狸猫不相离。
狸猫胖，月季肥，
相伴主人何其美。

咏意境

一石一树一蓑翁，
享尽明月与清风。
哪天等到闲事耕，
便寄此处度平生。

咏墨色

吾爱淡淡一墨色，
一颜写出五彩泽。
花鸟虫鱼纸上着，
生动鲜活有风格。

咏卢伟画墨葵

秸壮如竿长，花荣绕太阳。
籽成向大地，淳风出墨香。
淡淡一颜色，漠漠万株洋。
敢辟荆草处，蔚然独秀旁。
小鸟也宜人，藏在绿波上。
自由私密境，望而生幽篁。

注：卢伟，现任桂林漓江画院副院长、中国美术家协会会员、中国艺术创作院研究员，主要从事中国画研究及创作。

酒后令

竹叶青青风中影，
雪花轻轻自飘零。
独自静静观窗棂，
友人侃侃酒已醒。

墨花吟

挥笔一就生墨花，
山川溪水到天涯。
空山幽冥红芽发，
松风无边夕阳斜

人生赋

独步山林径，露水打前额。
忽闻朱雀鸣，疑是蓬莱客。
清泉跌成溪，渊源入云阁。
霞处露红日，东明映西阙。
缕光为君明，万籁为君乐。
朱颜随时去，云烟有松鹤。
停杖向前望，又闻朱雀歌。
寻处多拐弯，崎岖已不多。
谁去忆江南，往事如烟河。
星汉虽疏希，璀璨有桂月。

变位

转身瞬间已变位，
同一景物观不同。
去日日落色尚红，
今日日出红正浓。
推窗东望海潮涌，
多少浪花待我宠。

不惑吟

虽食人间烟火气，
但谙太虚清凉机。
不问桃源方外津，
只作八戒悟空人。

无奈吟

端坐静静听，
不知所云经。
本应浮鸥行，
却作家雀宁。

奈何

夸夸而谈有其瘾，
闭门关窗避他音。
宁静室内一声浸，
一回高唱又低吟。
挥洒自如空无人，
津津乐道犹无邻。
迈出门槛看微信，
慌忙脸变又灰心。

向来话语失苍劲，
一时兴致一扫尽。
本来梦想如绣锦，
变成根根两鬓银。

咏天籁

风声雨声入耳来，
却润心脾纾胸怀。
心绪不宁一时塞，
深院可去听天籁。

顺自然

升降平移无定式，
且莫评说谁悲喜。
风云变幻多诡异，
常见飞鸟栽于地。
顺应自然顺人意，
可求必做鬼神祭。

茶语

茶香浓浓犹昨天，
流水一去春秋间。
携手征途正漫漫，
饮马江湖作憩闲。
腊梅绽开飞雪寒，
三月阳春品茶典。
落座谈笑皆凯旋，
友人清茗两红颜。

咏布衣

布衣依旧适身材，
一介路人访尘埃。
无饰不黛面世界，
清心素颜亦豪迈。

花赋

花开复年年，芬芳何自赏？
可怜花落入泥处，路人又把脚踩上。
落向尘埃香犹在，凋败之事怎凄凉？
最恨无情是路人，盛谢之时两分腔。
暂作一个隐居仙，冷观路人横直撞。
待到明年三月三，笑颜依旧还奉香。

怨春吟

春来百花艳，春去花又嫣。
万事皆因春字烦。
愿春永留河水边，润柳绿条抚水面。
自然怡然享悠闲。
恨春坐客到人间，来来去去让人念。
常在期望绝望间。
盼春天，盼春天，坐在冬日之门槛。
让人受尽风雪寒。
春夏秋冬事，无情皆自然。
我写此《怨春》，替人类伤感。

咏广玉兰

花似白鹤，振翅一白却美色。
笑里又见芳芯悦，黄金蕊绽白玉阙。
仪态娇娇玉襟着，临风枝头坐。
摇落，摇落，摇落。
华衣兜住落蕊角，平添多少欢谑。
观叶碧，四季常绿，一倾清波。
赏高東，只好素洁，不畏凋谢。
叶肥花硕，唐时美又在目前跳跃。
晨起暮归从未错，数数花几朵？
一朵一朵又一朵，恰似白鸥掠过。

消融赋

欣其雪飞，忧其融消无。
雪饰万物如花似玉，去而又显叶败枝枯。
怎可以万年美颜不凋逝？
人就是一个矛盾体。
有荣还想长荣日，有生还想长生时。
「寿比南山松不老，福如北海水长流」自相企。
谁人不知是戏言，谁人不愿听此联。
可笑人类最清浅，自欺欺人无终端。

韶华落，老容颜，孰可改变？
东巡不老草，驾崩于中途，遥想始皇当年。
再忆嘉靖躬炼丹，巫术何堪。
真正沧桑路，俯仰一生还。
此为天地一铁律，万物皆在此规范。
哪有方外之神仙，风月无边？
只有人生，雨雪迷恋，乐观其变。

寒夜赋

谁言三更暖五更寒，今夜寒窗待床前。
可怜人间自作孽，为何从不顺天然？
科学主义泛滥，害人不浅。
世无方外，人非圣贤。
每次任其宰割，从来不计前嫌。
就此罢了，且藏辞骚于杯盏。

情趣赋

拾石以观，折枝以娱，谁知其趣。
石不为玉，枝不为琼，谁不能有。
石为山形，枝为树影，谁可寄情。
山之苍苍，树之森森，谁得养身。
树枝之美，山石之奇，谁以悦神。
山树之多，人人可得。
如若不舍，其乐不绝。

樱花赋

樱花来，樱花肥，
樱花如雪白。
人间顾赏红花开，
瞬时又悲花凋败。

樱叶荣，樱叶斑，
樱叶胜花红。
霜花重绛色愈浓，

人生无处不恢弘。

纷纷绽，纷纷落，
去留皆红艳。
远目两行送鸿雁，
低头却见半池莲。

天乍暖，气还寒，
春意荡胸前。
樱花又可再相见，
咫尺却在四月间。

咏樱花

春未锁，樱花开遍东风过。
东风过，嗡嗡蜂悦，声声欢谑。
相思远人却尽我，年年不负白头约。
白头约，富士山阙，樱花似雪。

白鹤芋

白鹤芋，白鹤芋，生在梅边不应愁。
不愁，为何已白头？
恰似一沙鸥，飞落碧水洲。

空谈

侃侃谈，理尚然，扭头走开翻全盘。
做归做，言是言，没有谁人惊波澜。
言勿信，行不果，于众泛泛。
花如旧，人染懒，喝茶饮酒闲聊天。
日复落，黄昏暗，浑浑幻想梦一边。
谁作乱，难分辨，唤悟空再现人间。
悟空曰：人妖可判，语言虚笃难断。
无奈处，盼观世音菩萨下凡。

争论赋

闭门论题无何妨，
眼量万物宜放长。
为何为何不知恩？
再上一阶方知君。
上下连续方成意，
不疑不惑两相依。
莫让高楼挡望眼，
翘起脚跟无边缘。

梅花赋

梅花飞雪，珠联璧合，天神情结。
赏梅花气节，世称高洁。
人间情恶，花开为何？
君不见着，东风轻薄，千年四季沿旧辙。
杨贵妃，赵氏春燕，皆驾西鹤，往去何不伤嗟？
归来兮，归去又来兮。年年春不惑，
凌寒又着。
长河舟上，两岸观阁。
梅高亭榭，白与炭色，香似墨无限湮沩。
长天阔，不乏精英烈，心头暗悦。

邀梅吟

帘外雪花飞，独自闲吟。
几上一把壶，还有两只杯。
只有一杯盛茶水。
望雪地梅花正白，邀来一起闲品。
再倒一杯，心神会。
休羡华裾宝幣。

闲吟

一任静卧听风雨，吟诵太白诗句，此时风味几许？
想晋时陶潜东篱采菊，悠然静穆。
忆植梅放鹤宋代林逋，隐逸高孤。
笑江湖沉酣求名者，岂识天籁胜丝竹。
回首望，风起、松摇、浪飞、云卷、烟舒。
我心有踌躇，知音梅花一束。
于寒处，绽开五福。

注：①陶潜即陶渊明，字元亮，别号五柳先生，私谥靖节，世称靖节先生。东晋末到刘宋初杰出的诗人、辞赋家、散文家。被誉为「隐逸诗人之宗」、「田园诗派之鼻祖」。

②林逋，字君复，后人称为和靖先生、林和靖，北宋著名隐逸诗人。林逋隐居西湖孤山，终生不仕不娶，惟喜植梅养鹤，自谓「以梅为妻，以鹤为子」，人称「梅妻鹤子」。

窗外吟

窗外一松树，树冠遮窗儿。
干直枝又曲，和谐成一体。
侧枝不相齐，树形很美丽。
叶如老龙爪，干如老龙皮。
春来有浅绿，雪飘青不迟。
喜鹊登枝鸣，鸟儿在此栖。
树枝如灌丛，常见鸟儿戏。
一鸟在上头，一鸟在下枝。

一鸟上一层，一鸟紧随依。
喜鹊翩然来，如若白鸿气。
枝条被压弯，与鹊共飘起。
未见其立稳，突鸣而去兮。
喜鹊展远影，树枝摇不止。
幕幕自然趣，常见常惊喜。
油松绿常在，飞禽常去离。
偶见油松静，又见松鼠至。
沿着树干上，身轻又足疾。
忽然停枝间，左右顾盼及。
两手摘松果，急忙食充饥。

尾翅遮人目，腹满磨牙齿。
树根扎地下，树头向天际。
鼠是大地物，鸟为天空鸡。
油松为中介，连接天与地。
风狂树犹牢，根扎千丈里。
八面都迎合，树梢送风息。

与福山君惜别

别君去兮一夜雨，
茫茫旅途羁何处？
早茶粗淡惜依依，
黔西尚距千里路。
展阅君填《江城子》，
景情史典成画图。
再赏君绘新篁竹，
神美笔疾好踌躇。

愿君常坐天涯客，
饮酒挥毫神仙府。
我且铺纸把墨研，
待君再来写诗书。

注：福山即徐福山，著名画家、中国美协会员，一级美术师。现任中国艺术研究院艺术创作研究院副院长。

赏砚

见石为砚，出大山。
千年存于泥水间，泥水长滋方韧坚。
石匠精琢，石成范。
雕成方方美，观来样样端。
雕砚之样如画苑，研墨之时生黛烟。
端、歙、洮河与澄泥，四大名砚开眼关。
月华溪水流荷塘，朦胧依稀月纱揽。
人造砚，砚造人，怀素，知章，黄庭坚。

宫廷派、人文派，派派出文件。
万物峥嵘，天地宽，皆容包于一捧砚。
墨生马啸啸，虎出声谷传，驼瘦沙漠见，
可知悲鸿、作人、李可染。
柏松竹篁，鹰俯鹤仰，草茂兽悍，虫鱼不安，
手出米芾、东坡与傅山。
纸、笔、印、景德镇、紫砂、吕剧、京剧、豫剧、黄梅剧，
百虎百子百朱雀，百草百花百蜂蝶，于砚上观巧过天。
红砚绿砚和黄砚，砚砚都领艺界衔。
大砚小砚和巨砚，赏之总感心在撼。
小砚双手合掌搓，启掌看，尤润田。

大砚摆于上几案，常拭之，愈弥光泽闪光环。
黟为主，有多彩，红色如沙丹。
绿颜翡翠值万钱。
白者如云生，涌起一天山。
可觅黄者若岩皮，黄颐秋菊且挺健。
颜色犹如古瓦片，配以琉璃颜。
多形不规则，片片秀艺坛。
古时无砚难成墨，无墨难写千秋笺。
记得读古书，当有《送东阳马生序》中篇，马生借砚冬时寒，
手冻僵不怠慢，借砚有期准时还。
时迁因墨成汁液，砚已成为梳笔堰。

不写者也喜欢，摆上书桌当悦粲。

摆满一书柜，不时作赏玩。

一柜柜，一间间，一库库，一馆馆，藏之多浩瀚。字不休，

砚不断，物已为文成恒远。

砚墨相济如刚柔，阴阳结合出黑雁。

飞入天空纸上旋，自由挥洒来去还，一幅墨图五彩艳。

砚是石，砚是砚，砚是画轴写江山。

水动涟漪生，风吹芦苇弦。

独钓蓑笠翁，寒江雪胜似不老丹。

一砚千秋藏江山，倚杖拾级穿青衫。

岸边观潭生水莲，淡墨写出益清闲。

注：①怀素，史称「草圣」，唐代杰出书法家。俗姓钱，字藏真，僧名怀素。自幼出家为僧，经禅之暇，锐意草书，与张旭齐名，合称「颠张狂素」。

②知章即贺知章，字季真，晚年自号四明狂客，唐代著名诗人、书法家。与张若虚、张旭、包融并称「吴中四士」。与李白、李适之等谓「饮中八仙」；又与陈子昂、卢藏用、宋之问、王适、毕构、李白、孟浩然、王维、司马承祯等称为「仙宗十友」。

③黄庭坚，字鲁直，号清风阁、山谷道人、山谷老人、涪翁、涪皤、黔安居士、八桂老人，世称黄山谷、黄太史、黄文节。北宋著名文学家、书法家、江西诗派开山之祖。黄庭坚在诗、词、散文、书、画等方面取得很高成就。

④悲鸿即徐悲鸿，中国现代画家、美术教育家。擅长人物、走兽、花鸟，与张书旗、柳子谷三人被称为画坛的「金陵三杰」。所作国画彩墨浑成，尤以奔马享名于世。

⑤作人：吴作人，原籍安徽泾县，生于江苏苏州，中国画家，在油画和中国画方面均有很高造诣。

⑥李可染，原名李永顺，中国近代杰出的画家、诗人，画家齐白石的弟子。曾任中国美术家协会副主席、中国画研究院院长。擅长画山水、人物，尤其擅长画牛。

⑦米芾，初名黻，后改芾，字元章，自署姓名米或为芉，时人号海岳外史，又号鬻熊后人、火正后人。北宋书法家、画家、书画理论家，与蔡襄、苏轼、黄庭坚合称「宋四家」。米芾书画自成一家，枯木竹石，山水画独具风格特点。在书法也颇有造诣，擅篆、隶、楷、行、草等书体，长于临摹古人书法。

⑧东坡即苏轼，字子瞻，又字和仲，号铁冠道人、东坡居士，世称苏东坡、苏仙，北宋著名文学家、书法家、画家。其诗与黄庭坚并称「苏黄」；其词与辛弃疾并称「苏辛」；其散文与欧阳修并称「欧苏」，为「唐宋八大家」之一。苏轼亦善书，为「宋四家」之一；工于画，尤擅墨竹、怪石、枯木等。

⑨傅山，明清之际道家思想家、书法家、医学家。初名鼎臣，字青竹，改字青主，又有浊翁、观化等别名，自称为老庄之徒。他工书善画，在经史子集、文学诗词、书法绘画、钟鼎文字、医学医术诸领域都有精深研究。傅山的书法被时人尊为「清初第一写家」，所画山水、梅、兰、竹等，均精妙，被列人逸品之列。

凌云赋

岁月已却无穷事，
至今仍存翰墨缘。
浓淡晕染颜五色，
勾皴画图意深远。
无关窗外雨敲竹，
却添墨韵三分炫。
搁笔倚栏方自赏，
忽觉寂寥袭心寒。
纸墨何以寄凌云？
欲唤战马再回关。

赏月吟

依山出月似银钩，
此时赏月人无有？
拄杖踏暮湿锦裘，
秋夜树丛露珠候。

咏君子

春有花开颜，秋至菊瓣祥。
夏拥绿成荫，冬寒梅枝香。
一年分四季，众人说短长。
万紫千红春，梅菊不争相。
待到夏去时，方展花事忙。
凌寒寂寞红，品性让人尚。
做事先做人，应与梅菊强。
不学春中草，未寒先凋黄。

偷闲

清风明月好时段，
品茶读书写诗篇。
一生忙中难偷闲，
写得残句留纸片。
哪天修成争座还，
便把只言粘成联。

品茶赋

今日得闲，品茶香。
发个照片，与分享。
若君有暇，亦可尝。
独处时光，有茶酿。
一本正经，一窗阳。
读到深处，禅意降。
诵读有声，才自赏。
必累此生，得怡养。

闲情赋

颜色一变又一秋，
慨叹时光不可留。
欲把红叶作春花，
忽又飞雪占枝头。
冬来春天不会远，
且欣顾盼飞雪寒。
循环往复催鬓斑，
日月变换银河间。
不想明天与昨天，

却惜当下坐萍莲。
若是心间无事闲，
定是人生好时间。
白日放歌须酒酣，
夜晚浅眠梦一边。
狂来轻世无前贤，
醉里真如一神仙。
寻梅骑驴走寒山，
采菊东篱作诗篇。
天涯孤旅寄云烟，
一粒尘埃自翩然。

基督山伯爵

埃德蒙·唐泰斯，陷害入狱被蒙冤。
不信上帝信地仙，任韦斯，地道来见。
传教三点，剑法、经济、藏金钱。
剑不在疾而在纵，经济法则熟生焉，黄金筑台济苍天。
狱墙坚，波浪险，知者慎之图自援。
神父又把四点献，以命换取复仇愿。
偷梁换柱，身入袋棺。
佯死投天波，逃生还故园。

剑指危途不可拦，正义之侠驰骋远。
刀刃两面，对手狡端。
三思后行，周密筹办。
为复情仇惩伪伴，心生慈悲手下软。
仆人递剑励其念，告慰神甫作了断。
终崭后患，神父灵安。
恶魔岛上，春归人间。

梧桐赋

舍分二人居，院有梧桐树。
树归谁人福，兄弟为此赌。
院分为二主，梧桐归弟属。
一夜凤凰宿，弟家不再苦。
父母有金玉，弟媳簪饰富。
兄责问弟裕，弟答梧桐树。
梧桐树栖凤，带弟金山去。
金山拾金足，一夜归旧屋。

兄效不马虎，求凤凰致富。
带一大袋服，贪婪赴金处。
凤凰问行不？兄答袋未鼓。
太阳终归出，兄被化为土。
其兄心地恶，从不孝父母。
福独在梧桐？关键行信笃。
人品孝为凸，万事得修符。

咏致富策

荒原杂草乱物陈，
地贫土瘠长几分。
五谷不收空仓屯，
为活种粮开一寸。
土地流转变时运，
规模生产扭乾坤。

咏士节

多少宇台人去楼空，多少贤达事败公众。
遥想溥仪，三岁萌萌坐皇宫。
六岁却破皇帝梦，十一岁伪满洲国里作绥靖。
到如今，楼中什物，为后人唾笑留物供。
匹夫尚虑家国兴亡，何曾问身后名功？
大人物须立正义之名，事事当以天下为公。
不失士节，应与匹夫为垄。

叹西游

山下有人鼾，天上闻太息。
纵容八戒眠，咒语悟空机。
人怨唐僧善，不分鬼神衣。
但使大圣在，一棒澄千里。
世妖皆五大，开店弃八尺。
纵使弼马温，难行猴干事。
正义怎上道，鬼怪笑暗地。
沙僧真无奈，盼晓一声啼。
日出群魔散，又恐前途棘。
慌无宁静时，惟余叹嘘唏。

不言吟

天籁无音为大静，
大智若愚是哲贤。
鲲鹏不鸣亦有势，
贵达沉默也多弦。

环境叹

不变古今山色，
多人少蝶颜。
古时自然吞人迹，
今夕人迹成路滩。
欲觉唐诗意，
须回唐代间。
人影乱，
水中幻，
唐时旧迹已不堪。

咏自然

竹映红檐遮山色，
雨洗物什胜丹青。
赤赤碧碧含岁节，
潇潇漠漠藏神灵。

单调吟

叶光枝显有寒蝉，
谁知夏秋曾躁鸣。
雪来物掩皆被封，
只有上苍天籁声。
一琴一弦一响调，
难得五乐立体经。
等到草萌树生日，
却误竹花两节生。

登泰山赋

志坚伴我拾级上，
唯空有损志坚名。
屏气举步迈青云，
高路入云至天庭。
南天门外一回首，
长风入怀汗露凝。
远去蓬元无穹庐，
可仰玉帝俯苍鹰。

三千石阶如苍龙，
峰麓参差掩人行。
身披辰霭见旭日，
徐徐升来照天明。

咏泰山十八盘

不见飞龙与翔凤，
只知石阶若障屏。
置身玉皇惑凌霄，
回眸黛峰如苍鹏。

咏湖光山色

山下明镜里，云深山色远。
碧树变墨色，红花亦淡然。
群鸟空中过，又添镜中颜。
木舟摇来去，万物碎影乱。
虚实随自由，人生居此间。
若要坚实抬望眼，远观水上山。
若要净虚俯胸肩，近看水中天。
俯仰一世，梦一边，镜中白色已全显。

人生苦短，料此名山，不做书贤，愿作钓台汉。
任风雨打去容艳，赢得随心所欲之自遣。
烩鱼饮茶逍遥闲，无需几多钱。
山月送归，庐水光照影涵。
湖光山色，明月清风，永伴隐者眠。

黄鹤楼赋

登黄鹤云顶，
目极楚天，
哪见黄鹤旧影，
笑古人之多情。
观水洲汀，
满眼高楼，
犹如白鹤朝仙，
叹今人之纶经。

题西湖

西湖晴方好，雨濛姿益娇。
斜阳方浓妆，晨曦才真晓。
亭立荷花舞，柳作岸边钓。
苏堤卧波中，断桥故事杳。
西施送鳞波，白蛇不扬涛。
古人无影迹，新客来寻考。
山静隐古寺，塔显日月高。
风物惹人醉，逍遥不易老。

秦淮吟

桨声灯影泛秦淮，
商女歌声犹耳旁。
金粉水中空荡漾，
知谁弹瑟知谁唱。
满舟旅人轻游狂，
六朝泪愁难载上。
夜来光明形如晃，
众人不理秦淮凉。

夜登山吟

弯弯山路有前行，
远看层层很分明。
转身忽触山花缨，
清香满颐步履轻。
自古大山默无音，
无言胜过大哲人。
谁道山花寂寞英，
哲人相伴胜仙境。

凤凰阁赋

千山幻变，远山轻淡。
放眼抒怀，陶陶然。
峰入云，路尽高端。
近在脚下，远在天边。
看云绕山峦，苍山无限。
凤凰阁台，阙北户南。
梁柱立山，翅檐向天。
仙境一阁，若隐若现。

来去赋

观世势，时来运转，
东西间，燕子翅展。
晴空万里无尘闲，街得新泥半日还。

高楼吟

上海之巅上，
游人闲来窗外望。
俯视群楼矮，
飘带犹如黄浦江。
却看太阳近，
日光正辉煌，
好一派壮丽景象。
一朵乌云来，

阳光怒向云边放。
兴时忙拍相，
收云、楼、江、光。
世事局无定，
随即已变样，
又一个人间天堂。

题珍珠泉

珍珠泉边柳未剪，
柳条常抚行人肩。
珍珠何时水中悬，
曾是三十三年前。

幽境

林中曲折独步径，
树上曲调鸟雀鸣。
篱外街景车水行，
马龙飞动衬林静。
天边山色淡墨影，
蓬莱感觉使神宁。
轻蹑落叶涌诗情，
不敢吟诵扰幽境。

望故乡

飘零树下一净几，
对面无人自多情。
天边群雁远似点，
不知几时回故营。
但看周边游人多，
噪声呼醒沉思景。
插翅北翔霎难往，
违愿且随旅人行。

恋曲

日日相见还相恋，别君去兮忧何堪？
桌前对话无才贤，读书泪沾情中篇。
日暮孤鹊鸣树端，久占此枝等谁还？
强拉窗帘独自眠，浅睡浅睡夜无边。
盼晨晓，双喜临窗前。

情感赋（一）

看不见也摸不着，此情此绪何寂寥。

神气不振日浑浑，如鬼如魅缠心身。

字在念，书在划，味道犹若嚼木渣。

食不甘，席不宁，故作镇静把令行。

至今不信人情薄，梁祝化蝶情未了。

情感赋（二）

千呼万唤无音信，
此时最是煎熬时。
世上怪物千千万，
要数情感最新奇。
如烟似雾成万缕，
消神蚀骨费心机。
《西游记》《聊斋志异》，
怎敌一部《西厢记》。

思念吟

辞旧共拭窗上尘，
新春请福作门神。
又是一年换桃符，
念亲远行镀芳芬。

何时休

何时休，思念想念还多愁。
多情自古双泪流。
自始至终，此心忧忧，时间确太久。
何时休，挥不去亦赶不走。
如若沼泽陷身首，
不知何由，绵绵悠悠，最是在兴头。

叹复回

涟漪休，思如旧。
日归寂，夜不眠。
晨早起，通信息。
报平安，笑逐颜。

思念赋

曾为孩童时，抱背绕身边。
一家天伦乐，没有离别难。
求学一别后，两地七年间。
稚气已不见，学识折前贤。
学成盼归来，却得一席签。
日日增思念，夜夜把心牵。

过年吟

春节平水起涟漪，游子归来兮。
蝴蝶兰叶花色济，香满小天地。
共贴新桃兆福气，大家皆欢喜。
美酒佳肴几上齐，犹觉不足惜。

念亲吟（一）

毕业典礼季节到，
微信纷传学子照。
大袍顶帽气质好，
古典校舍合绿草。
常忆普度领风骚，
更念一人遥登高。
感时花木见年少，
动情眼角把泪抱。

念亲吟（二）

学成业就知勤奋，
做事做人懂感恩。
每每通话无多问，
便是幸福快乐神。
偶无信号听不真，
却发短信报安身。
我挺好的请放心，
心花开放酒窝深。

念亲吟（三）

微信箱中有动画，
动作表情堪可爱。
愿赏表演带情怀，
皆因来自吾女儿。
频频举动动我心，
观后藏入表情海。
闲来打开翻翻看，
思念岁月催鬓白。

念亲吟（四）

以猫为媒话思念，
见猫若见亲人面。
信息如流多笑谈，
一来一往报平安。

放风筝

少时趣事记深浅，
纸鸢与我一线牵。
老父燃灯拨锤线，
春日逍遥梦上天。
仰首鹞尾摆宇环，
脚下碧波踩春田。
魔鬼妖怪共翩跹，
童子无忧似神仙。

无题（一）

客舍寒灯透窗帘，
便知客人犹未眠。
方才道别信息断，
不知为何又凄然。

无题（二）

海花新生山石立，
梅花笑开岸边石。
与君相见总相惜，
相见忧移不见时。

无题（三）

焉得一把快剪刀，剪去河畔相思柳。
低头却见笔在手。
一日写一边，再日写一边，一日又画一梅联。
画成挂在素壁上，日日欣赏。
巴山夜雨何归期？海水碧连银河系。
咫尺犹在天际。

无题（四）

我本在农庄，怎入象牙堂。
遥见仙子银河里，手把长诗向天朗。
真情若梅花绽放，银河之星落身旁。
回首天地间，见一片苍茫。
兰桂齐芳，锦绣岁月绵长。

无题（五）

「无情不似多情苦」，有情无情本无辜。
苍天赋我多孤独，让我相思到日暮。
又谢苍天赐机遇，偶得闲时半日处。
晓来黄昏至，问君安，有几许？总嫌不足。
夜阑珊，空中星疏。
万籁寂，月光如许。

无题（六）

寻友醉酒浣溪纱，
不回家。
莫攀我，
男儿侠，
在天涯。
古时绣楼古筝匣，
人静弦雅。
不能伴琴，
跨战马，
才俊战在平沙。

叹息

停车东南待云归，
谁知孔雀已回拐。
纵使许多伤心泪，
难洗伤痕在胸怀。
去去去兮别别别，
奈何分秒当罪甩。
世事泉水常流下，
山谷博大但不揣。

青松护水遮天云，
水不恋松远情斋。
悲悲悲兮哀哀哀，
可怜真情空对白。

再叹息

世事难料人情薄，
好梦不长花易凋。
话说人间多少事，
只缘爱恨借词条。
我愿天下好信笃，
直言新爱旧情了。
莫言他故为因由，
心境不惑谙知晓。

泪水落尽诗未艾，
满腹烟云谁可道？
愁绪可做营养糕，
精神无眠作夜猫。

殇吟

风寒凄苦袭江汉，
生灵失色生凋颜。
谁知人间悲伤事，
春花不解又笑绽。

清明（一）

谁哀去年秋风寒，
但笑春风今拂面。
苍天冷雨悲人间，
几人明烛烧纸钱。

清明（二）

清明时节杏花美，
先瓣凋零培沃肥。
新枝祭扫追先辈，
无本何由新蓓蕾。

清明（三）

清明不雨无悲悯？
泪洒丘山哀思尽。
好人纷纷到天津，
苍天有眼何人信。

书　　名：《梅花辞》

作　　者：秋　实

责任编辑：严中则　刘慧华　刘晓一

装帧设计：陈汗诚

出　　版：香港文汇出版社有限公司
香港仔田湾海旁道七号兴伟中心 2-4 楼
电　　话：2873 8288

发　　行：香港联合书刊物流有限公司
香港新界大埔汀丽路 36 号中华商务印刷大厦 3 字楼
电　　话：2150 2100

印　　刷：美雅印刷制本有限公司
香港九龙观塘荣业街 6 号海滨工业大厦二期 4 字楼

版　　次：2021 年 5 月初版

国际书号：ISBN 978-962-374-713-4

定　　价：港币 96 元